DIEU NE LE VEUT PAS,

RÉPONSE A M. LE VICOMTE D'ARLINCOURT,

PAR

ALBERT **BLANQUET**.

2e ÉDITION,

Prix : 30 centimes.

PARIS,
Librairie démocratique
De T. BLANQUET, éditeur,
Rue de Bondy, 44.

1849.
1850

Bayonne, — Imprimerie de P. Lespès.

INTRODUCTION.

I.

Non ! Dieu ne LE veut pas !

Assez de ces races qui ont appelé leur droit *droit divin*, parce qu'il s'écarte du *droit naturel !*

Vous n'aimez pas la République, monsieur le vicomte, moi je l'aime.

Ce qui pose de suite mes intentions ; mais auparavant laissez-moi vous raconter un petit apologue tiré d'un journal limousin. Il insinue que nous pourrions très-bien n'être pas en République, malgré les têtes de lettres de nos fonctionnaires.

La scène se passe à un hôtel du *Lion-d'Or* idéal :

« Si j'ai bon souvenir, il y a trois ans que le père Lafleur nous disait à cette même table : Ah ! mes amis, si nous avions la République, nous serions tous heureux, nous ne payerions presque plus d'impôts, on ne nous enlèverait pas nos pauvres enfants pour leur apprendre pendant sept ans un métier de fainéant, et nous les rendre après qu'ils sont devenus bien souvent fumeurs, buveurs, coureurs de filles et de ballades, des *propres à rien*, enfin.

« — C'est vrai, répondit le père Lafleur, mais nous n'avons pas encore la République.

« — Comment ! nous n'avons pas encore la République, s'écrièrent plusieurs voix.

« — Non, nous n'avons pas encore la République. Ecoutez-moi un moment. Plusieurs d'entre vous, je m'en souviens, dînaient ici, à cette même table, il y a trois ans. A cette époque, la maison où nous sommes n'avait pas pour enseigne un lion bien doré, mais une bouteille assez mal peinte. Ce n'était pas l'hôtel du *Lion-d'Or*, c'était l'auberge de la *Bouteille*. Nous y fîmes un mauvais dîner, et je jurais, en sortant, de ne plus mettre les pieds dans cette mauvaise gargote. Aujourd'hui, attiré par l'enseigne, je suis entré comptant faire un bon repas ; je me suis trompé : malgré sa belle enseigne, l'hôtel du *Lion-d'Or* est toujours l'auberge de la *Bouteille* : les gargotiers qui nous servent aujourd'hui nous servaient il y a trois ans ; c'est toujours la même cuisine. Lorsqu'on a changé l'enseigne, on aurait dû aussi changer les cuisiniers. Hé bien, il en est de même du gouvernement, nous n'avons fait que changer l'enseigne. Nous avons effacé les mots *monarchie constitutionnelle,* et nous avons écrit à la place les mots *République démocratique ;* mais les ministres de la monarchie sont encore les ministres de la République. Allez à Paris, entrez à l'assemblée nationale, vous y trouverez les figures qu'on trouvait dans la chambre des députés il y a un an, il y a dix ans, il y a quinze ans.

RIEN N'EST CHANGÉ QUE L'ENSEIGNE.

« Tous se mirent à rire et demandèrent au père Lafleur quand nous aurions la république.

« — Nous aurons la république, répondit le père Lafleur, quand vous ne vous laisserez plus conduire au scrutin comme des moutons en foire par M. le curé et M. le notaire, quand vous choisirez vous-mêmes vos représentants, au lieu de vous en rapporter aux conseils de ceux qui vous grugent et vous tondent la laine sur le dos.

Non! Dieu ne le veut pas!

Le coup de tonnerre du 25 février signifiait :

Plus de Bourbons!

Votre livre est anarchique, monsieur le vicomte ; c'est un livre de haine et de vengeance ; un livre où éclate à chaque page l'excitation à la rébellion et à la guerre civile.

Il n'y a d'inattaquable, dites-vous, que *l'amour de la patrie*.

Mais sous votre plume, dans votre pensée, l'amour de la patrie c'est l'amour d'un homme.

Un fétichisme.

Avec quelle complaisance vous retracez les sanglantes journées de juin! Vous vous gardez bien de plaindre les égarés, malheureuses victimes désespérées de la misère. Vous vous étendez à plaisir sur les atrocités de quelques individus et semblez convaincu que les barricades n'abritaient que des assassins. C'est faux.

Il y avait, derrière les retranchements populaires, des cœurs généreux, comme devant.

Non seulement dans votre livre, vous posez votre *prétendant*, votre *roi* ; mais *le moi*, c'est-à-dire le *vous* y domine.

Le jury a acquitté votre livre, c'est vrai ; mais vous me permettrez de douter qu'à l'audience *les gens en blouse*, comme vous les appelez, aient versé des larmes de joie. Et si, réellement, ces *gens* ont chanté votre *Dieu le veut!* sur l'air *des lampions!* je soupçonne très-fort qu'il y avait eu, au préalable, largesses de monnaie à l'effigie d'Henri V.

Donc, en digne représentant de votre caste égoïste, vous commencez par vous citer vous-même. Vous tirez de l'oubli, quelques lambeaux de phrases de vieux romans rococos, boursoufflés, lourds de style, fatigants d'inversion enfouis, oubliés, perdus, dans les rayons poudreux des cabinets de lecture.

« Quand le pays s'est une fois jeté, dites-vous,
« dans la carrière des révolutions : — Marche !
« lui crie une voix ! »

Cette voix c'est la voix de Dieu, quoique vous en disiez ; Dieu qui dit à l'idée, au progrès, au peuple, au monde : Marche ! marche encore ! marche toujours !

Nous marchons !

Vous bafouez les glorieuses journées de juillet, les héroïques journées de Février, vous les niez, vous les salissez !

Orgueil et impuissance ! C'est parce qu'elles vous soufflettent, parce qu'elles vous brûlent. — Le sophiste s'écriait : Douleur, tu n'es qu'un mot ! au milieu des souffrances qui le torturaient.

Et vous dites que ces héros de Juillet et de Février, déclarés sublimes, fêtés, décorés, couronnés, ont violé, au 15 mai, l'enceinte de l'assemblée nationale!

Est-ce que le ministère Barrot-Faucher-Falloux ne vient pas de violer la Constitution en provoquant la dissolution de cette même assemblée? n'a-t-il pas donné là une contre-partie de la fameuse motion d'Huber?

Il n'y a qu'une différence, — on l'a dit — entre ces deux circonstances identiques quant au résultat voulu : c'est que l'assemblée n'était pas assez républicaine pour Huber et qu'elle l'est trop pour M. Barrot.

Je sais bien qu'à votre point de vue c'est à peu près la même chose, et qu'il ne vous faut ni République ni républicains.

En lisant votre livre je me rappelais toujours et involontairement je vous assure, le mot de Lagingeole :

— Prenez mon ours !

M. le vicomte, vous comparez la république à la peste, est-ce d'un bon citoyen ?

Nous verrons plus loin ce qu'a été *votre* royauté ?

La mort de monseigneur Affre, pendant les douloureuses journées de juin a été une calamité publique; la France l'a pleurée; mais cependant il n'est pas dit que l'on ne puisse un peu parler du saint pasteur.

Voici ce que disait de lui un petit livre pétillant d'esprit et qui parut en 1842 :

« Monseigneur Affre. — Ambitieux la tête « basse.

« Sacristain parvenu, portant la crosse et la « mitre.

« On l'a appelé, je crois, le Sixte-Quint de « l'épiscopat.

« Alors qu'il achève le rôle de ce pape fameux, « s'il veut se faire pardonner de l'avoir com- « mencé. »

Fidèle au parti pris de citer sans cesse vos œuvres, vous vous écriez : « Dans le mouve- « ment général des esprits est écrit l'heureux « avènement d'un élu de la Providence. Il appro- « che : il arrivera. »

Non ! il n'arrivera pas ! Dieu ne le veut pas !

Le peuple, ce sublime metteur en scène, qui a des inspirations étonnantes de grandeur, le peuple a prononcé.

Et ici — votre exemple est contagieux — je me permettrai de me citer moi-même, quoique chétif, quoique inconnu :

J'ai vu brûler le dernier trône
Au pied du bronze de juillet !

II.

Louis-Philippe fut chassé aux cris de : *Vive la Réforme !*

Vous prétendez, o monsieur le vicomte, que si l'on eût crié : *Vive la République*, ni la garde nationale, ni l'armée, ni Paris, ni la France n'auraient laissé passer ce mouvement.

Mais la Réforme, c'est la République.

Admettons que cet usurpateur — c'est vous qui l'appelez ainsi — admettons dis-je que Louis-Philippe eût accordé la Réforme. Est-ce qu'il était possible avec elle ? Est-ce qu'elle ne l'eût pas débordé ? Est-ce qu'avec son système de *peur à tout prix*, de basse pression, de haute corruption, le suffrage universel ne l'eût pas déposé immédiatement par la nomination d'une chambre libérale ?

Non, la République n'a pas été escamotée par onze tribuns ; elle a répondu aux vœux de tout cœur généreux, aux aspirations de toute âme pure, aux désirs de toute nature fatiguée de tyrannie et avide de libertés.

Les arbres symboliques de 93 — selon vos expressions — sont le gage pacifique du peuple.

Vous l'accusez de vouloir détruire, vous voyez bien qu'il édifie.

La naissance de *l'enfant du miracle*, comment a-t-elle été saluée? — Par des feux de joie.

J'aime mieux un avenir de sève et de feuillages verts que l'emblème de la destruction et un résultat de cendres.

« Honneur, dites-vous, à cette vaillante « garde mobile qui, née de l'insurrection et ré- « pudiant sa mère, a immortalisé ses débuts. »

Oui, ces enfants étaient des héros, alors qu'ils vous sauvaient, et votre ministère Barrot-Falloux, dès son avènement au pouvoir s'empresse de licencier cette garde.

Pourquoi ? — Parce qu'elle n'a pas répudié sa mère, la République. Parce qu'elle est trop républicaine.

Hypocrites et lâches ! En février, vous courbiez le front, fuyant à l'étranger et cachant vos trésors ; vous veniez feindre un dévouement subit à cette République qui vous épargnait.

Serpens et vipères de la réaction, vous relevez vos horribles têtes, maintenant que vous croyez le danger passé.

Vous l'avez dit, M. le vicomte, Février continuait Juillet, et la République est sortie aussi bien de l'insurrection de 1830 que de celle de 1848.

Ouvrez le grand livre de l'histoire du monde, feuilletez-en les pages, dévorez-en les lignes, et vous ne trouverez pas assurément en plus de cinq mille ans un mouvement plus beau, plus splendide que celui dont fut animée la France tout entière, dans les trois journées qui suivirent les odieuses, fatales et ridicules ordonnances de Charles X et ses ministres : misérable association de haines et de vengeances, aigries par l'exil, rendues furieuses par le mépris ; gouvernement doublement exécrable par les turpitudes et les lâchetés et qui, ne pouvant s'élever jusqu'au faîte de grandeur de la nation, mettait tout en œuvre pour l'abaisser jusqu'à lui.

Pendant quinze années, la nation avait vu tomber une à une ses franchises et ses garanties ; le temple de la liberté, sapé dans sa base, sentait chaque jour toutes ses assises tomber et crouler sur ses derniers prêtres en les écrasant ; et tout cela, pour un gouvernement imposé par les baïonnettes étrangères ; et ce gouvernement aveugle, insensé, ne s'apercevait pas que chaque parcelle de gloire et d'honneur enlevée au pays était pour lui comme la vigne de la fable qui, broutée par la biche imprévoyante, le découvrait au chasseur fils de ses pères de 89.

Paris, appelé nécessairement, comme capitale, comme métropole, à donner l'exemple de la résistance et du courage, se lève et combat comme un seul homme. Les laborieux enfants du travail quittent le métier et sortent des ateliers. La garde nationale, proscrite par Charles X, retrouve ses armes et son uniforme. Les pères abandonnent leurs familles, leurs familles à qui ils veulent assurer l'héritage de droits sacrés qu'il vont acheter de leur sang. Les écoles brisent leurs portes pour voler à la fête de la liberté. Et des enfants partout.

Ici l'un bat courageusement la charge au milieu des fers qui l'entourent; là un autre meurt foulé aux pieds des chevaux en criant : vive la liberté !

Et toutes ces poitrines nues, bravant le canon et la mitraille, marchent et vainquent rapidement, bâtissent des barricades, prennent les casernes, emportent d'assaut l'hôtel-de-ville, les Tuileries, le Louvre — et tout cela en trois jours !

Puis, la victoire proclamée, ils se confient à leurs représentants, hommes de conviction.

Mais ces représentants sont trompés — l'intrigue et les menées d'une longue et sourde ambition triomphent et s'emparent de la position : Louis-Philippe est proclamé.

La République avait avorté et devait attendre dix-huit ans.

Enfin, après ces dix-huit années, en quelques heures, s'opère cette révolution du mépris, prompte et complète comme tout ce qui émane de ce brave peuple.

Peuple de France, quand même l'histoire de ton pays ne remonterait qu'à soixante ans, aucune grandeur ne te ferait défaut ; car tu as détruit la féodalité avec la Bastille ; tu as fait des efforts magnanimes pour l'égalité des droits et l'affermissement de la liberté qui te seront comptés. Tu as eu des grands hommes à en peupler dix Panthéons, à en orner toutes les places publiques de tes villes.

Réjouis-toi et sois fier, peuple de France, car en soixante ans, tu as plus fait pour la postérité, que l'Europe tout entière.

Février a donc complété juillet.

Oui, vous avez raison, M. le vicomte, la France ne saurait se remuer sans ébranler le monde.

Les rois s'en vont! C'est fini pour eux! En Europe comme chez nous.

Cette fièvre d'imitation qui s'est emparée de tous les peuples ne vous semble pas respectable et sacrée à vous tous, chenilles de la monarchie, masques du démon, qui voyez ainsi vos détestables espérances trompées.

Croyez-vous donc qu'on n'en a point assez de vos royautés ne reposant que sur le préjugé?

Il est vraiment plaisant de venir parler de *légitimité* au 19e siècle! Eh! qu'est-ce que cela prouve?

Nous sommes en République, nous resterons Républicains.

D'ailleurs, en février, est-ce que tous ne sont pas venus s'y rallier ; il est vrai que depuis, mais alors...

On ne se sentait pas—selon vos expressions—dégagé du poids de l'usurpation ; mais de celui de la royauté. Louis-Philippe n'était pas pour nous usurpateur, puisque vous étiez déchus de vos droits. Et après tout, cet homme valait bien *le vôtre*.

Au moins c'était une *tête*, une cervelle réfléchissante; une mauvaise nature, soit : mais une capacité, un homme qui dormait à peine et travaillait sans cesse. Ses vues et son but étaient mauvais, exécrables, mais enfin il y avait vues et but.

Cela ne vaut-il pas mieux encore qu'une sorte de bête à l'engrais, divisant sa journée entre la messe, la chasse, la table, les baisse-mains, le confessionnal, les réceptions et les bals ?

Ne venez donc pas, à tout propos, vous étendre sur *ce souverain de la rue* que vous traitez *d'affreux tyran*.

Rappelez-vous qu'en Février le peuple était maître de tout et de tous et qu'il a été magnanime comme le lion.

Vous le flattiez alors; eneore une fois ne le calomniez pas.

N'écrivait-il pas sur certains cadavres : *Mort aux voleurs !*

III.

La débâcle de Louis-Philippe en février est marquée d'un caractère providentiel, mais les rapprochements et les coïncidences que rapporte si complaisamment M. d'Arlincourt, entre les révolutions de 1830 et de 1848 ne sont pas l'accomplissement d'une loi du talion au bénéfice de la légitimité.

Si Charles X est tombé et si les mêmes circonstances ont présidé à la chute de Louis-Philippe, cette prédestination est un châtiment et une leçon pour tous deux; tous deux parjures, tous deux ennemis du peuple.

Et ne vous faites pas illusion, monsieur le vicomte, Charles X a bien été *chassé*, lui aussi : tout ce qu'il y a de plus *chassé*.

Pourquoi revenir sans cesse sur les fatales journées de juin ? Pourquoi insinuer sans cesse que cette lutte extrême était celle du désordre contre l'ordre et autres mensonges ? On n'est pas dupes des flatteries que vous prodiguez en même temps aux travailleurs, dans l'espoir de vous les ramener.

Juin comme février, comme 1832, comme 1830, était une lutte sociale. Elle a échoué, c'est entendu, voilà tout.

Vos classes *privilégiées*, comme vous les appelez si bien, ne cessent de propager des erreurs, sous formes d'axiômes, et celle-ci surtout est la plus répandue : *pour faire vivre les pauvres, il faut des riches*.

C'est tout au plus un paradoxe.

Au contraire, la cause, la raison unique de la misère du peuple c'est l'opulence des riches.

Le riche possède l'argent, les instruments de travail, les terres, les maisons; détenteur du moyen d'échange, de tous les produits du travail, de toutes les matières premières, il peut, poussé par le caprice ou le calcul, arrêter toute circulation, suspendre tout travail.

Il possède chevaux et voitures, entretient laquais de toutes sortes, fait travailler carrossiers, forgerons, tapissiers, bijoutiers, glaciers, occupe enfin momentanément une foule d'ouvriers et d'ouvrières.

Il entretient des maîtresses prodigues qui a leur tour traînent à leur suite une armée de fournisseurs.

Très-bien, mais la proportion est à peine d'un riche sur cinquante producteurs; donc ces cinquante sont à la merci de ce privilégié.

Supposons (1) que, par un coup de baguette,

(1) Le *Peuple Souverain*, journal de Lyon.

tous les riches fussent hissés dans une planète avec toutes leurs richesses : le travail cesserait-il de produire ? Est-ce que la terre et ses produits ne reviendraient pas aux travailleurs qui, débarrassés de l'intérêt et de l'usure que prélève le capital sur la production, adopteraient un nouveau mode d'échange?

Ce serait simple.

Supposons à présent que, par un coup de la même baguette, tous les travailleurs ont disparu, transportés n'importe où, au diable comme on le voudrait peut-être : Voyez-vous les riches et les opulents forcés de labourer la terre, de fabriquer leurs vêtements, sous peine de mourir de froid et de faim.

Ce serait triste — pour eux.

L'Association nous tirera peut-être de là. Nous y reviendrons. — Pas ici : ailleurs.

Plus d'émeutes, plus de révoltes, plus d'insurrections; les révolutions s'accompliront maintenant dans le vrai sens du mot; elles s'accompliront pacifiquement.

Démocrates, nous avons une arme puissante:

Le suffrage universel.

IV.

Vous citez du Corneille, monsieur le vicomte; je cite aussi, moi, seulement c'est du Voltaire :

Qui naquit dans la pourpre en est souvent indigne.

Si Février n'a pas tenu toutes ses promesses, à qui la faute! Aux intrigues des adhérents de celui qui est né dans la pourpre; et à ce propos, ne blâ...mez pas tant la lyre de Lamartine. Cette lyre vous appartient depuis trop long-temps pour la renier.

Ne vient-il pas, à propos de la question de dissolution de l'assemblée nationale, de se déclarer contre la révolution.

Ah! cet homme est vraiment scandaleux de contradiction.

Il a eu le triste honneur de déserter toutes les causes qu'il a servies.

Malédiction sur vous, monsieur, qui insultez le symbole de la régénération sociale!

La *Liberté*, l'*Egalité*, la *Fraternité* sont de nobles, pures et saintes sœurs, la personnification de la belle devise : *Dieu protége la France*

Domine salvum fac regem disent les monarchiens.

O égoïste! Que vous fait la France, à vous! Dieu protége le roi.

Ces trois mots que vous prononcez avec tant de mépris, ces trois mots sont votre sauvegarde; et en Février, quand notre brave peuple campait encore dans les rues de Paris tranquille, vous étiez trop heureux d'en salir les murs de vos palais ou de vos hôtels.

Vous n'avez jamais eu de mémoire, royalistes, il est temps cependant d'en faire preuve.

La liberté, c'est le droit.

L'égalité, c'est la loi.

La fraternité, c'est l'amour.

La sublime parole du Christ: *Aimez-vous les uns les autres*, cet ineffable souhait du crucifié du Golgotha, aura un jour sa réalisation, et nous verrons alors, M. le vicomte, si la *fraternité* est une *ex-furie de la guillotine* de 93, selon votre aimable expression.

Qu'est-ce que le travailleur?

C'est, dites-vous, l'ouvrier qu'on paie et qui ne travaille pas.

Voici qui est grave et passablement insultant. Votre allusion aux ateliers nationaux est cruelle; ce n'est pas là de la charité chrétienne.

Quoi! lorsque la misère vient envahir toutes les échoppes, toutes les mansardes, tous les malheureux réduits où l'ouvrier abrite sa famille déshéritée, vous ne voulez pas que l'état vienne au secours de ces respectables infortunes? Est-ce leur faute si l'ivraie se mêle au bon grain? Est-ce leur faute si des misérables, payés par la réaction ont aigri des âmes, déjà flétries, déjà désespérées, par la douleur et la misère, et les ont poussées aux extrémités funestes qui ont suivi la dissolution des ateliers nationaux, c'est-à-dire le retrait des secours accordés à ces pauvres affamés?

Mourir de faim? Ne vaut-il pas pas mieux mourir d'une balle?

L'ouvrier VEUT travailler.

Vienne une sage et réalisable organisation du travail et vous verrez son courage.

L'ouvrier sait bien qu'il est TOUT dans l'Etat et il est fier de sa valeur.

Oui *tout*.

Turgot a essayé vainement de faire accepter par votre monarchie tombée, le *droit de travailler*, c'est à dire le développement des facultés humaines par la liberté.

Que serait l'Etat sans la production, et partant sans le producteur ?

Or, l'accroissement de la production n'a pas de levier plus énergique que la liberté.

Avec vos maîtrises et vos jurandes de l'ancien régime, auriez-vous doublé la masse du revenu national ; auriez-vous soutenu contre l'Europe entière une lutte de géants ?

Qui a pourvu aux dépenses de la république de 92 et de l'Empire ; qui a permis à la France de payer aux émigrés et à la sainte-alliance ces monstrueux milliards d'indemnité qui nous ont écrasés sous la Restauration ?

Le libre accès, la liberté de l'industrie, voilà les conditions du travail. Vos corporations étaient des étouffoirs.

Non, l'organisation du travail n'est pas une quadrature du cercle introuvable.

Et comme je le disais tout à l'heure : *l'association* nous sauvera. Cette transformation nouvelle arrive peu à peu ; elle est destinée à jouer un rôle immense dans l'avenir.

Rappelez-vous, royalistes, ce qui était écrit sur les drapeaux des barricades de juin :

VIVRE EN TRAVAILLANT, OU MOURIR EN COMBATTANT !

Est-ce là le vœu des fainéants et des lâches ?

V.

Châteaubriand disait en 1833 à Mme Luchesi-Palli : — Madame ! votre fils est mon roi.

Et vous voulez, monsieur le vicomte, que la France manifeste une semblable opinion et se tourne vers ce que vous appelez un *coin d'azur*, merci ! la France est et restera républicaine.

Le droit si improprement appelé *droit divin* est aboli comme il avait été établi — par le fait. Dieu n'y a jamais été pour rien.

Les premières royautés de notre histoire, comme de celle de tous les peuples, ont été des royautés militaires. Nos premiers rois n'étaient que des Barbares ignorants, conquérants et ravageurs avant tout, et si les guerriers qu'ils conduisaient au pillage les proclamèrent rois en les hissant sur le pavois, la raison a fait justice de cette usurpation de la violence.

Cependant, comme le droit finit toujours par se trouver du côté de la force, une série de quinze siècles nous a faits sujets abrutis d'une monarchie héréditaire et compressive.

Dès l'établissement de notre République de 1848, et surtout dès que le courage vous est revenu, ô royalistes, vous avez rêvé une restauration en faveur de votre fétiche couronné de fleurs de lys. Vos émissaires ont travaillé les esprits; les prêtres, comme toujours, vous ont appuyés : les marguilliers, conseillers de fabrique et autres blafards se sont remués : les bureaux de bienfaisance, composés, on le sait de *jésuites robes-courtes* ont exercé par la voix de leurs administrateurs une pression efficace sur les malheureuses familles qu'ils secourent.

Mais, vous échouerez, pourvoyeurs d'échafauds, instigateurs de guerre civile; et d'ailleurs :

Les dauphins et princes royaux n'ont jamais régné en France depuis Louis XIV.

Et puis ce nom de Henri n'est pas heureux pour les fils de Saint-Louis ·

Henri II meurt de mort violente dans un tournoi.

Henri III meurt assassiné par Jacques Clément.

Henri IV n'échappe au couteau de Jean Chàtel, que pour tomber sous le poignard de Ravaillac.

Celui que vous persistez à appeler Henri V ne règnera pas.

Il faut convenir, monsieur le vicomte, que vous êtes un oiseau de mauvais augure.

Avec quel empressement vous vous écriez : « Et le choléra qui s'avance ! »

On dirait vraiment que vous le désirez. On dirait que vous trouvez qu'il nous manque encore certains malheurs à ajouter à ceux qui nous oppressent déjà — par le quasi-état de siége où nous vivons.

Non, je devine votre pensée : Vous voulez que votre manie des rapprochements soit satisfaite.

— Après avoir cité presqu'à chaque page de votre livre au moins vingt lignes de vos ouvrages, ce qui a considérablement abrégé votre besogne, vous désirez — le choléra survenant — pouvoir citer quelques scènes de ce mélodrame bossu, absurde et lourdement filandreux, joué à l'Ambigu sous le titre de *la Peste Noire*, découpé dans un de vos romans non moins filandreux et non moins bossu, et qui a vécu ce que vivent les *rosses ;* dans lequel drame on trouve des phrases dignes du professeur de philosophie de M. Jourdain : — D'amour, belle marquise, vos beaux yeux mourir me font.

Maintenant, M. le vicomte appelle la Restauration *une fraîche oasis* ; pardieu, la plaisanterie est bonne !

Ah ! ça et le maréchal Ney, le jeune Labédoyère, le maréchal Brune, les quatre sergents de la Rochelle et *tutti quanti ?*

Et l'*empoignement* de Manuel à la tribune ? Et les noyades de Lyon ?

Est-ce que par hasard ces bons messieurs de

Trestaillon et de Truphémy auraient bien mérité de la patrie ?

Vite, vite, des couronnes civiques à ces généreux patriotes ! Ce sont des gloires de la France ! Et s'ils sont morts, ce qui pourrait bien être, — nous ne nous inquiétons pas de semblable vermine — vite, vite, ouvrons-leur le Panthéon !

J'oubliais que le Panthéon contient les tombes respectables de Rousseau et de Voltaire, objets d'exécration pour les blancs et les catholicagots.

M. le vicomte prêche la décentralisation, sous prétexte que les provinces n'ont point coopéré au renversement des royautés de Charles X et de Louis-Philippe, il exhorte les provinces à se séparer de Paris ; à se constituer en *conseils provinciaux* et, s'étant ainsi rendues indépendantes, à pourvoir à toutes les mesures d'intérêt local ; c'est-à-dire qu'au lieu d'une seule république il y en aurait quatre-vingt-six.

Est-ce sottise ou folie ?

Quoi, la France depuis des siècles a marché vers l'unité : Louis XI, Richelieu, Louis XIV, 89 et Napoléon ont dirigé leurs pensées vers ce résultat ;

— La France a courbé le front sous l'autorité tyrannique des rois les plus despotiques, des héros les plus ennemis de la liberté, parce que ces rois et ces héros voulaient l'unité ; la France est restée fidèle au catholicisme — quoique absurde—par amour pour l'unité ;

Et voilà que des enfants de cette mêmeFrance, pour la seule satisfaction d'un égoïste principe, veulent la faire dévier de cette ligne droite qui fait sa grandeur !

C'est en même temps de la folie et de la sottise.

—

La République des Etats-Unis s'est maintenue et affermie ; « elle est loin en effet — comme l'a « dit M. de Tocqueville — d'être la meilleure « forme de gouvernement que puisse se donner « la démocratie. »

« En effet—dit Marshall que cite M. d'Ar- « lincourt — la plus forte partie du peuple est « ouvertement en opposition avec le gouverne- « ment. »

« Là —ajoute-t-il d'après Me Harriet Marti- « neau — règne l'aristocratie de l'argent, la « lèpre la plus hideuse d'une nation, car elle « s'infiltre dans tous les membres du corps so- « cial ; elle en bannit les sentiments les plus « nobles, et le cœur de l'homme n'est plus « qu'un sac où l'or seul à sa place. »

Ce sont précisément ces lignes qui condamnent le gouvernement actuel des Etats-Unis et le feront arriver à la démocratie pure.

Après cela, leur République sera toujours

forte, toujours indivisible, toujours grande : *ils n'ont pas de prétendants.*

LES PRÉTENDANTS, voilà l'écueil.

A quoi devons-nous les perpétuelles agitations qui nous effraient, les divisions qui nous accablent ?

— AUX PRÉTENDANTS.

Branche aînée, branche cadette, famille de Bonaparte.

Henriquinquistes, orléanistes ou régencistes, impérialistes.

Supprimez ces trois ferments de sédition, ou plutôt les prétextes animés de ces séditions, partis menaçants, passions incessantes, agitations permanentes ; et la République française s'établit, calme, forte, grande, durable.

VI.

Amnistie !

Ramenez à leurs femmes, à leurs enfants, à leurs mères, ces ouvriers pris les armes à la main : ce sera bonté, ce sera pitié, ce sera justice, ce sera Raison.

Ne comptez pas les corriger en leur supprimant la famille.

Ecoutons le citoyen Schœlcher à la tribune, le 1er février 1849 :

« Les insurgés de juin sont nos frères.... il y « avait 50,000 combattants parmi les insur- « gés.... y a-t-il en France 50,000 Caïns, je « vous le demande ? non.... ils étaient appe- « lés FRÈRES au milieu du feu de la bataille, « dans des proclamations qui font honneur à « celui qui les a écrites. La transportation ne « punit pas seulement des vaincus, mais elle « fait des victimes ! Le peuple, en février, a « tenu la France dans ses mains.

« La Constitution vous assure le droit de « grâce.

« Les rigueurs éternisent les haines. Ne voyez « pas une menace sous mes paroles. On aime « le pardon dans notre pays : le pardon c'est la « générosité.

« Dornès en mourant a demandé l'amnistie
« pour ceux dont les balles l'avaient frappé.
« Acquittez ce sublime testament.

Lagrange prend la parole à son tour :

« Jamais une parole de menace de mort,
« dit-il, n'est sortie de ma bouche ici ou ail-
« leurs. Tout ce que vous m'entendez dire ici,
« au nom de la conciliation, de la fraternité, de
« l'ordre, je le dis ailleurs à la portion du peu-
« ple, qui travaille et qui souffre. — Je leur dis
« continuez à travailler et à souffrir en silence,
« et nous tâcherons, nous, par les voies régu-
« lières, d'arriver à faire cesser vos misères et
« vos souffrances....

« Je ne fais pas une attaque au gouverne-
« ment ; mais il y a d'autres partis en France
« que le parti républicain. Il est incontestable
« que les complots contre la République ne
« peuvent avoir été ourdis par les Républicains !

« Ouvrons nos âmes à la fraternité, à la con-
« ciliation ! Ces hommes de juin qu'on vous a
« désignés comme des hommes de guerre ci-
« vile, ces hommes de juin protestant de leur
« amour sincère pour la République, sont prêts
« à mourir pour elle ; ouvrez les portes de la
« conciliation, vous recueillerez des fruits dont
« vous serez fiers. JE VOUS PRIE de ne pas re-
« pousser par l'insulte d'un refus une proposi-
« tion qui doit avoir accès dans vos cœurs
« comme dans le mien !

AMNISTIE ! AMNISTIE !

VII.

Examinons un peu ce que fût la royauté.

Nous ne remonterons pas plus haut que Louis IX, car avant le saint-roi l'anarchie féodale causait à la France des tourmentes perpétuelles, des luttes sans fin. Et puis votre *enfant du miracle* le regarde comme le premier anneau de sa lignée immaculée.

SAINT-LOUIS ne put parvenir à se soumettre ses grands vasseaux qui, toujours en guerre avec la couronne ou entre eux, commençaient à se dégoûter de ces croisades stériles où les poussaient le besoin de tranquillité qu'avaient les souverains.

PHILIPPE-LE-BEL ne laisse à la postérité qu'un souvenir d'intolérances religieuses et de supplices immérités.

LOUIS-LE-HUTIN fait pendre Marigny qui était un juste, au gibet de Montfaucon. Sa femme était cette affreuse Marguerite de Bourgogne dont la tour du vieuxNesle cacha long-temps les sanglantes orgies.

PHILIPPE V persécute les juifs et les savants, sous prétexte de magie et d'empoisonnements imaginaires. Toujours l'intolérance.

Philippe de Valois et Jean-le-Bon lèguent à l'histoire les épouvantables désastres de Crécy et de Poitiers et les horreurs exercées par la noblesse contre cette lutte courageuse et désespérée des *Jacques*, mourant de faim et de misère.

Charles VI *le fou* laisse donner la France à l'Anglais.

Charles VII pense moins à son royaume qu'à sa maîtresse et sans la divine intervention d'une pauvre *fille du peuple* aurait été chassé de France.

Le nom seul de Louis XI fait penser à Tibère; son égoïsme seul l'a guidé dans sa lutte contre les grands vassaux de sa couronne.

Louis XII est surnommé *le père du peuple*, ce qui ne l'empêcha pas de l'écraser d'impôts pour satisfaire ses projets de conquêtes injustes en Italie.

François Ier abolit l'imprimerie, établit la censure, couvre la France de bûchers et commence cette série de guerres religieuses qui va toujours croissant jusqu'à Louis XIV, et qui enfin, Priape couronné, meurt

En mil cinq cent-quarante-sept
De la v..... qu'il avait.

Sous Henri II nous avons un édit pour l'établissement de l'inquisition en France et l'extension, déjà immense, de l'ordre récemment nstitué par l'exécrable Ignace de Loyola.

François II meurt d'amour.

La détestable Catherine de Médicis préside aux destinées de notre pays sous les règnes de ses deux fils Charles IX et Henri III, protége les Jésuites qui s'y établissent définitivement, ordonne les massacres de la Saint-Barthélemy et pour conserver le pouvoir dans ses mains teintes de sang plonge le dernier de ses fils dans de scandaleuses et honteuses voluptés.

Un instant on respire avec Henri IV, mais la *poule au pot* qu'il promit au peuple — triste leurre — lui attira la haine des Jésuites; des Jésuites qui l'ont assassiné et travaillent aujourd'hui pour le rejeton — extra-posthume — de sa race.

Avec Louis XIII nous assistons à une assez juste personnification d'un roi constitutionnel; pantin dont un grand homme tient les fils.

Raca sur Louis XIV, roi de théâtre, ostentation, orgueil, vanité, intolérance. Magnificences de Versailles, guerres interminables, que de millions et que d'impôts ! La révocation de l'édit de Nantes, les dragonnades, que de pleurs et que de sang !

Louis XV fut gouverné par Philippe d'Orléans, par Dubois, par la Pompadour, par la Dubarri: Quels gouverneurs !

Hélas ! ce triste Louis XVI était plein de bonnes intentions; mais il n'était bon qu'à limer des ferrailles et monter de serrures : *Eunoukos!*

Quant à la restauration et à Louis-Philippe, nous en sortons et nous disons : Ouf !

Quoi que vous fassiez, monarchistes, vos projets échoueront ; nous ne voulons pas plus de votre roi que des autres.

Nous avons la république, nous la conserverons ; elle fait désormais partie intégrante de nous-mêmes. Couronne impérissable, parce qu'elle repose sur une idée, nous la défendrons jusqu'à la mort :

Gare à qui la touche !

Nous ne voulons pas surtout de votre Henri V, qui viendrait entouré de toute cette nuée d'oiseaux de sinistre plumage, qui a présidé à tous les malheurs de notre belle France, et qui, sous le nom de Jésuites, Pères de la Foi, ou armée de l'ordre, n'arrivent à l'accomplissement de leurs exécrables vues que par les persécutions et les vengeances.

Rappelons-nous bien, Français, que les Jésuites admettent et absolvent le parricide, le régicide, le meurtre, le viol, l'adultère, le faux serment, le vol, l'usure, l'infanticide, la calomnie, le mensonge, le blasphème. (1).

Henri V, roi de France, c'est la prépondérance des fils de Loyola.

D'après les détails qui vont suivre, on verra ce qu'on pourrait attendre d'un pareil *roi* si la France avait le malheur ou la honte de l'accepter.

Ces détails, recueillis sur place par l'auteur

---

(1) Lire le Code des Jésuites, complément aux œuvres de MM. Michelet et Quinet.

même de cette note, portent avec eux un caractère de vérité qui leur donne une valeur réelle. C'est pour ne point leur ôter ce caractère, que nous laissons à cette note, qui n'avait point été destinée à la publicité, ses redites et ses incorrections. Que les gens de bonne foi qui pensent qu'une nouvelle révolution mettrait un terme à tous nos maux se demandent si ce remède souverain peut nous venir de l'homme et des gens que nous montre ce qui suit.

L'auteur de cette note, étranger à la France, touriste et non homme politique, est d'ailleurs dans des conditions complètes d'impartialité.

Les journaux, d'ailleurs, l'ont tous publiée ; nous copions :

Note confidentielle.

« Le duc de Bordeaux habite le château de Frohsdorf, à deux lieues de Vienne-Neustadt, six milles allemands de Vienne. — Ce château est situé dans un pays boisé et accidenté, et le prince s'y livre au plaisir de la chasse.

« Le duc de Bordeaux a 28 ans, étant né le 29 novembre 1820. — Il boite légèrement par suite de l'accident qu'il a éprouvé à Kirchling. — Sa taille est de 5 pieds 1 pouce. — Figure bourbonnienne, gros et ventru, petites moustaches blondes, barbe légère. — Teint coloré.

« Le prince est traité de majesté par les gens qui l'entourent. Chaque matin il entend la messe dans la chapelle du château. Le service divin est dit par l'abbé Trébuquet. Après la messe (quand il fait beau), il chasse jusqu'à midi, heure du déjeuner, après lequel on lui apporte les journaux français et les lettres de Paris. Cette lecture faite en comité le conduit jusqu'au dîner. Le soir, on joue le whist dans les appartements.

Education.

« Le duc de Bordeaux a été confié, dans sa première enfance et au sortir des mains des femmes, à M. de Barante ; ce dernier a suivi son éducation jusqu'en 1830. — Il fut alors confié à M. de Blacas, puis à M. de Lévi, vieux gentilhomme encroûté et imbu de préjugés.

«... Mais M. l'abbé Trébuquet, Vendéen compromis dans les affaires de 1832, créature de la duchesse de Berri, fut placé près du prince pour diriger sa conscience et son éducation. — *Physionomie de ce prêtre ;* — Jésuite renforcé, ayant inculqué à son élève toutes ses antipathies pour les idées nouvelles. — En somme, le prince a reçu une direction politique, morale et religieuse qui serait mieux en harmonie avec les cloîtres du 15e siècle qu'avec les principes de la société moderne.—Tout, du reste, dans la petite cour de Frohsdorf, porte l'empreinte des usages du passé. — Malgré la médiocrité de la situation, on y voit revivre dans ses plus ridicules détails l'étiquette minutieuse de la cour de Charles X.

—

Relations de famille.

« La duchesse de Berri, devenue énorme, ayant un enfant du comte de Luchesi— Elle vit au chateau de Brunvie, à six lieuesde Gratz. Les relations du prince avec sa mère sont purement politiques. — Il ne peut lui pardonner le frère qu'elle lui a donné en Vendée..

«... La duchesse d'Angoulème, éminemment religieuse, entretient cette animosité. — La femme du prince a deux ans de plus que lui (30 ans). Grande, maigre, laide, figure dure, annonçant un caractère acariâtre, et, d'après ce que j'ai pu voir, dominant son mari. — Assez instruite, du reste, et de hautes manières. — Dans cette cour en miniature, la camarilla se groupe autour d'elle et non autour du duc, dont on apprécie la profonde nullité.

Entourage.

« Le duc de Levi, vieillard, 400,000 livres de rente, préfère l'exil et une sorte de domesticité de cour à l'indépendance dans sa patrie. Pour dominer, surveiller, entourer ce prince sans valeur morale ni intellectuelle, espèce de Charles II d'Espagne, M. de Levi a accepté cette situation. Sa femme, dit-on, a donné au prince ses premières leçons. Personne n'est admis près du duc sans être adressé à M. de Levi.

« M de Montbel, ancien ministre de Charles X, signataire desordonnances, homme d'esprit; il avait eu l'intention de diriger l'éducation du prince dans des voies plus libérales, mais, homme facile, sans fortune, n'ayant aucun ascendant, il a dû faire le sacrifice de sa manière de voir aux exigences de M. de Levi. — Il vient de se marier en troisièmes noces il y a deux ans. Il a une nombreuse famille. »

« M. de Nicolaï, gendre de M. de Levi, M. de Blacas et sa femme, M. de Monti, M. d'Oguerty, représentant à la petite cour de Frohsdorff le parti des exagérés qui voulaient, avec la duchesse de Berri, une restauration à main armée. —Le duc de Levi, par une manie singulière de dominer son élève, modère ses impatiences et le retient toujours en tutelle.—L'abbé Trébuquet, déjà cité, personnage dangereux, l'âme damnée de la duchesse de Berry, exerçant un empire absolu sur le prince. — Le duc de Bordeaux est glouton comme était son père. — Le personnel du château, 25 domestiques.

« Le petite cour de Frohsdorff, qui avait perdu tout espoir naguère, renaît sous l'influence des circonstances et se distribue déjà en espérance les ministères et les places de la future restauration. »

Donc, plus de Prétendants, je le répète.

La France ne sera heureuse que lorsque tous, jusqu'au dernier, auront au moins six pieds de terre sur la face.

Maintenant, M. le vicomte, je vais suivre votre exemple, c'est-à-dire que je vais me citer; vous me le permettrez sans doute.

Aux vitres de la boutique d'un papetier *dont*

les sympathies dévouées sont connues (dévouées à qui ?) on remarque une lithographie représentant l'entrée de Charles VII dans sa bonne ville de Paris. Ce roi d'Alcôve est armé de toutes pièces, son armure lui monte jusqu'aux oreilles et figure assez bien une cravate. Au visage de ce *victorieux* anonyme l'artiste a heureusement substitué celui de *l'enfant du miracle*; et toute cette banque absurde sert d'enseigne à une romance ou *canson* inspirée par cette *rentrée*.

Voyons, M. le vicomte, convenez avec moi que c'est du dernier ridicule, et qu'intérieurement vous avez envie d'en hausser les épaules.

C'est pourquoi, et afin d'opposer à votre chant anarchique et intempestif un chant inspiré par le patriotisme, je vais transcrire ici une chanson patriotique qui court les rues depuis long-temps déjà, que j'ai faite — sans prétention — le 24 février même, (1) et qui, à défaut de mérite, se recommande par une grande franchise.

LA CITOYENNE.

O France, une éternelle gloire
Va rendre ton nom respecté,
Arborons en criant : Victoire!
L'étendard de la liberté!

Formons une garde civique
Le peuple est roi de la cité! (bis.)
Vive la République!
Vive la liberté!

(1) Musique de Paul Henrion. Chez Colombier, rue Vivienne, 6, Paris. Deux éditions ; l'une avec accompagnement de piano, l'autre populaire et à bon marché.

Défenseurs de la paix publique,
Si la patrie est en danger,
Il faut que notre République
Résiste au choc de l'étranger!
Formons, etc.

Aux armes, braves camarades,
La France a besoin de nos bras;
Et comme sur les barricades,
Soyons citoyens et soldats!
Formons, etc.

Français; désormais plus de chaînes
La peuple a reconquis ses droits,
Aux parjures toutes nos haines!...
Mais, citoyens, respect aux lois!
Formons, etc.

Liberté' tu seras féconde:
D'amour embrasant tous les cœurs,
Oui, tu feras le tour du monde,
Comme autrefois nos trois couleurs!
Formons, etc.

Martyrs des libertés sublimes,
Pour vos grands noms le bronze est prêt!
Montez au ciel, nobles victimes,
Près de vos frères de juillet!
Veillez sur la garde civique...
Le peuple est roi de la cité (bis.)
Vive la République!
Vive la liberté!

Courage, républicains, résistons: le peuple est roi. VOX POPULI, VOX DEI!

Puisque le peuple ne le veut pas, DIEU NE LE VEUT PAS.

Février 1849.

www.ingramcontent.com/pod-product-compliance
Ingram Content Group UK Ltd.
Pitfield, Milton Keynes, MK11 3LW, UK
UKHW020454230726
13925UKWH00005B/1938

9 782014 100044